Les livres inspirés de la série télé

Catalogage avant publication de
Bibliothèque et Archives nationales du Québec
et Bibliothèque et Archives Canada

Jolin, Dominique, 1964-
Drôles d'histoires
(Toupie et Binou)
Pour enfants.

ISBN 978-2-89512-665-2 (v. 1)
ISBN 978-2-89512-847-2 (v. 2)
I. Tremblay, Carole, 1959- . II. Titre.
III. Collection: Jolin, Dominique, 1964- . Toupie et Binou.
PS8569.O399D76 2007   jC843'.54   C2007-941274-2
PS9569.O399D76 2007

Les textes sont inspirés des épisodes de la série télévisuelle *Toupie et Binou*
produite par Spectra Animation inc., avec la participation de Treehouse.
Scénarios originaux d'Anne-Marie Perrota, Tean Schultz, Gerard Lewis et
Clive Endersby. Direction d'écriture par Katherine Sandford.

Nous remercions Télé-Québec et Treehouse
pour leur étroite collaboration.

Directrice de collection: Carole Tremblay
Direction artistique, graphisme et dessin de la typographie
Toupie et Binou: Primeau Barey

Dépôt légal: 3e trimestre 2009
Bibliothèque et Archives nationales du Québec
Bibliothèque nationale du Canada

Dominique et compagnie
300, rue Arran, Saint-Lambert (Québec) Canada J4R 1K5
Téléphone : 514 875-0327 Télécopieur : 450 672-5448
Courriel : dominiqueetcie@editionsheritage.com

www.dominiqueetcompagnie.com

Imprimé en Chine

Nous remercions le Conseil des Arts du Canada de l'aide accordée
à notre programme de publication.

Nous reconnaissons l'aide financière du gouvernement du Canada
par l'entremise du Programme d'aide au développement de l'industrie
de l'édition (PADIÉ) pour nos activités d'édition.

Gouvernement du Québec – Programme d'édition et programme
de crédit d'impôt – Gestion SODEC.

Camping de nuit

Texte : Dominique Jolin et Carole Tremblay

D'après le scénario original de Gerard Lewis
Illustrations tirées de la série télé *Toupie et Binou*

–Binou, veux-tu faire du camping? demande Toupie.
Allez, dis oui! S'il te plaît! S'il te plaît!

Binou est d'accord.
–C'est génial! s'exclame Toupie. Viens voir!
J'ai déjà monté la tente!

Binou s'installe dans la tente pendant que
Toupie court éteindre la lumière.
–J'adore le camping! dit Toupie en revenant.
Il n'y a rien de plus formidable!

Il fait drôlement noir dans la tente.
Binou n'est pas très rassuré.
–Mmmh… Il fait peut-être un peu trop sombre,
dit Toupie. Viens, Binou, on va aller
chercher une veilleuse.

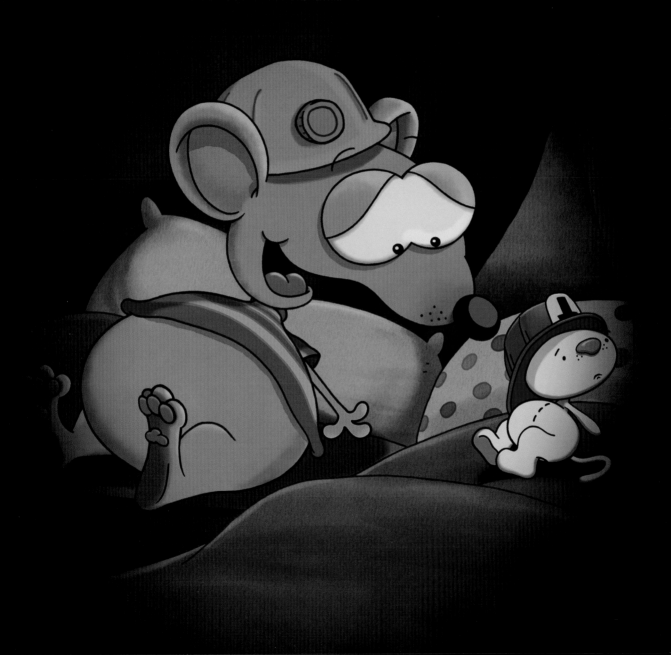

Les deux amis sortent de la tente. Il fait noir là aussi.
Toupie a une idée. Il allume la lampe de son casque.
–Booon! Maintenant, on peut voir où on va. Suis-moi, Binou!

Ils ont à peine fait quelques pas qu'ils entendent un bruit dans le bosquet.
Toupie s'approche doucement et découvre… un raton laveur tout endormi!
–Eh! Bonsoir, monsieur Raton Laveur! Savez-vous où on peut
trouver une veilleuse?

Monsieur Raton Laveur ne répond pas. Il préfère chercher
un coin plus tranquille pour dormir.

Un peu plus loin, Toupie et Binou croisent un écureuil.
–Eh! Bonsoir, monsieur Écureuil! dit Toupie.

L'écureuil a l'air tout énervé. Il pousse plein de petits cris.
–Il y a un problème, monsieur Écureuil? demande Toupie. Pardon?
Je suis sur votre quoi? Ah, votre queue! Oh, excusez-moi!

Toupie enlève son pied et l'écureuil se sauve en courant.
–Eh! Restez! J'adore les écureuils!

Tout à coup, un étrange «Hou, hou, hou»
attire l'attention de Toupie.
–Tu as entendu ça, Binou?

Les deux amis lèvent les yeux et découvrent…
un hibou! La lampe de Toupie l'a réveillé.
Monsieur Hibou se frotte les yeux et rentre chez lui
avant que Toupie ait le temps de lui parler.
–Ohhh… Il est trop mignon! dit Toupie.
J'adore les hiboux!!!

Toupie et Binou arrivent près d'une mare.
Des grenouilles sont en train de faire un château
de cartes sur un nénuphar.
–Bonsoir, les grenouilles, dit Toupie. Savez-vous où
on pourrait trouver une veilleuse, par hasard ?

Oh non! Le château de cartes s'écroule. Les grenouilles
sont furieuses. Toupie ne comprend pas ce qu'elles disent.
Il pense qu'elles lui indiquent une direction.
–Euh… par là ? Vous êtes sûres ?
Merci. Tu as compris quelque chose toi, Binou ?

Un peu plus loin, dans la forêt, Toupie et Binou aperçoivent une ourse. Elle vient juste de mettre ses petits au lit.
–Bonsoir, madame Ourse, dit Toupie. On cherche une veilleuse...

Toupie voit alors les oursons endormis.
–Oh! Des oursons! Ils sont trop drôles!

Oh! oh! Les oursons sont réveillés maintenant!
Madame Ourse n'est pas contente.
–Chhhhhut! fait-elle.
–Oh pardon, dit Toupie.

Toupie et Binou s'éloignent. Ils n'ont toujours
pas trouvé de veilleuse.

–Ne t'en fais pas, Binou, dit Toupie, on va
en trouver une quelque part.

Binou sourit et désigne du doigt le casque de Toupie.
–Qu'est-ce qu'il y a? Tu as aperçu quelque chose?
Une lumière? Où ça? Où ça?

Toupie enlève son casque et le regarde, surpris.
–UNE VEILLEUSE!!! On a trouvé une veilleuse!
C'est parfait, Binou! Je savais qu'on trouverait! Maintenant,
il ne nous reste plus qu'à retrouver la tente.

–Tente... Où es-tuuuu ?

Binou lui montre la tente.
–Ah ! Tu l'as trouvée ! Bravo, Binou !!!
On peut faire du camping maintenant !

Les deux amis s'installent confortablement à l'intérieur.
–Binou, tu es formidable, dit Toupie. D'abord,
tu as trouvé la veilleuse. Ensuite, tu as trouvé la tente.
Je me demande bien quelle merveilleuse chose
tu vas trouver demain !

–Chuuuut!

Bébé Toupie

Texte : Dominique Jolin et Carole Tremblay

D'après le scénario original d'Anne-Marie Perrota et Tean Schultz
Illustrations tirées de la série télé *Toupie et Binou*

– Hé Binou! Tu veux jouer?
demande Toupie. Toi, tu es le
bébé, moi, je suis la maman.

Binou secoue la tête.
– Quoi, tu ne veux pas être mon
petit bébé d'amour? Veux-tu
que ce soit moi, le bébé, alors?

Ça, oui. Binou veut bien.

Binou met la sucette dans la bouche de Toupie.
Toupie rapetisse, rapetisse, rapetisse…
Oooooh! Il est devenu un tout petit bébé.

Maman Binou met bébé Toupie dans la poussette
et le promène dans toute la maison.
Vroum! Vroum! Vroum!
Bébé Toupie est fou de joie. Hiiiii! Ahhhhh!

Binou est fatigué de courir. Il s'assoit et prend
son bébé sur ses genoux. Bébé Toupie tète la main
de sa maman. C'est trop mignooon.

Oh! Il joue avec monsieur Mou maintenant!
Maman Binou sourit.

Mais où est passé bébé Toupie ?
Bang ! Bang ! Bang !
Aaaah ! Bébé Toupie fait de la musique !

Le temps que maman arrive,
il court se cacher derrière les rideaux.
Maman Binou le trouve tout de suite. Coucou !
Bébé Toupie trouve ça très très drôle.

Bébé Toupie grimpe sur le canapé.
Maman Binou va le rejoindre. Ensemble, ils sautent
sur les coussins. Boing! Boing! Boing!

Quand il en a assez de sauter, bébé Toupie descend
du canapé et… ooooh! Il fait pipi par terre!

Maman Binou met une couche à
son gros bébé d'amour.

Mais bébé Toupie n'est pas content. Il tire
sur sa couche. Il aimerait bien l'enlever.

Pour distraire bébé Toupie,
maman Binou fait des grimaces,
des pirouettes et marche même
sur les mains! Bébé Toupie rit
comme un fou!!!

C'est l'heure de manger. Binou va
chercher le bol de purée sur la table.
Quand il revient, bébé Toupie s'est déshabillé.
Il court tout nu dans la maison.

Maman Binou lui remet gentiment
ses vêtements et l'installe pour le repas.

Mais ce n'est pas facile de nourrir
bébé Toupie. Il met de la purée partout!!!
Pendant que maman Binou va chercher
une débarbouillette, bébé Toupie fait un beau
dessin sur le mur avec la purée.

Maman Binou sourit et lave son bébé.
Mais oh! oh! le petit Toupie n'a pas l'air content.
Il pleure très fort! Même monsieur Canard
n'arrive pas à le faire rire.

Maman Binou sait comment calmer son bébé.
Elle lui donne un biberon. Toupie boit, boit,
boit et se met à grandir, grandir, grandir…

Il redevient aussi grand qu'avant !
–C'était trop génial d'être un bébé, s'écrie Toupie.
On joue encore ?

Mais Binou n'a plus envie d'être une maman.
Il met la sucette dans sa bouche.
Et il se met à rapetisser, rapetisser, rapetisser…

–D'accord, Binou, dit Toupie en riant.
Maintenant, c'est ton tour d'être un bébé!

Les bulles

Texte : Dominique Jolin et Carole Tremblay

D'après le scénario original de Clive Endersby
Illustrations tirées de la série télé *Toupie et Binou*

Toupie et Binou s'amusent à
faire des bulles dans le bain.
Toupie trouve Binou très drôle
avec ses yeux de grenouille.
–Regarde, Binou, dit Toupie
en riant. Je ressemble à un
cosmonaute! Je suis le meilleur
souffleur de bulles de tout
l'univers!

Binou aussi sait faire de grosses bulles…
Toupie l'encourage.
–Allez, Binou. Souffle ! Souffle ! Souffle encore !

La bulle est si grosse que Binou peut se glisser
à l'intérieur. Sa bulle s'envole doucement. Toupie
se dépêche de souffler une immense bulle.
Il se faufile dedans et s'envole à son tour.
–Attends-moi, Binou, j'arrive !!!

–Moi aussi, je vole! dit Toupie.
Binou! Regarde-moi! Binou?

Mais Toupie ne voit plus Binou.
Oh! oh! Où est-il passé?
–Binooooou! Où es-tuuuu?

Tout en volant, la bulle de Toupie entre dans une
autre bulle encore plus grosse! Plop!

Dans la grosse bulle, il y a un mouton qui danse.
–Bonjour, monsieur Mouton. Je m'appelle Toupie! Est-ce que
vous avez vu mon ami? Il a une ligne pointillée sur son ventre…
et quand on la suit, on trouve… Binou!

Comme monsieur Mouton ne répond pas, Toupie poursuit
ses recherches.
–J'ai hâte de revoir Binou, dit Toupie. Je l'aime tellement!

Quelqu'un s'approche
de Toupie en bondissant.
–C'est toi, Binou?

Mais non, c'est une grenouille!
–Bonjour, monsieur Grenouille!
dit Toupie. Regardez, moi
aussi je sais sauter!

Boing! Boing! Boing!

Plop! Toupie entre dans une nouvelle bulle
où s'élève une haute montagne.
–Eh! Bonjour, monsieur Chèvre! Je m'appelle Toupie
et je cherche mon ami Binou. Est-ce que vous l'avez vu?

Monsieur Chèvre fait signe que non.
–Merci quand même, dit Toupie avant de
continuer son chemin.

Le voilà chez les éléphants.
–Hou! hou! les éléphants, dit Toupie,
j'ai une question à vous poser.

Mais les éléphants ne l'écoutent pas. Ils s'amusent
avec la bulle de Toupie.
–Arrêtez! Ça chatouille! dit Toupie en riant.
Je ne suis pas un ballon!

Un coup frappé plus fort, et hop! Toupie s'envole
vers une nouvelle destination.

Oh! Toupie aperçoit un bonhomme de neige!
Peut-être va-t-il savoir où est Binou?
—Désolé de vous déranger, dit Toupie, mais je me demandais
si vous aviez vu Binou… Il est blanc et il a des oreilles
et un adorable petit nez bleu! Euh… non, son nez n'est pas…
bleu. Il est… Euh… Il est de quelle couleur, déjà?

Toupie ne sait plus…
—Ce n'est pas grave parce que c'est mon ami. Et je l'aime
et il m'aime, dit Toupie en poursuivant sa route.

Oh! Toupie croit avoir aperçu Binou au loin.
–Binou! Est-ce que c'est toi?

Mais non, ce n'est pas lui. Toupie est déçu…
Il tourne la tête et que voit-il? Binou! Cette fois, c'est bien lui!

Toupie est trop heureux d'avoir retrouvé son ami.
–Binou! Je t'ai cherché partout, partout, partout!

Soudain, pop! La grosse bulle crève…

Les deux amis sont de retour dans le bain. Toupie regarde autour de lui.
– Il n'y a plus de bulles maintenant! Mais... Binou, qu'est-ce que tu fais? demande Toupie.

Prout…

Toupie éclate de rire.
– Binou, tu as fait une petite bulle!

La grimace

Texte : Dominique Jolin et Carole Tremblay

D'après le scénario original d'Anne-Marie Perrota et Tean Schultz
Illustrations tirées de la série télé *Toupie et Binou*

Toupie lit un livre à Binou.
Il a presque terminé.
–Et tous les monstres devinrent
les meilleurs amis du monde
pour toujours. FIN!

Toupie referme le livre.
–Oooh… C'est trop mignon,
dit-il.

Mais Binou n'est pas du
même avis…
–Qu'est-ce qu'il y a? demande
Toupie. Tu as peur des monstres?

Binou hoche la tête.
–Ah! Alors, j'ai exactement ce
qu'il te faut, déclare Toupie.

–C'est le livre idéal pour toi, Binou.
Ça explique ce qu'il faut faire quand on a peur.

Il l'ouvre à la première page et lit.
–Avez-vous peur des monstres bleus qui ont six yeux?

Oh oui! Binou a peur des monstres bleus!
–Eh bien, si ce genre de monstres vous fait peur, poursuit
Toupie, tout ce que vous avez à faire, c'est ça!

Toupie tire la langue et fait une hooorrible grimace.
Ptttttrrrrrrrr!!!

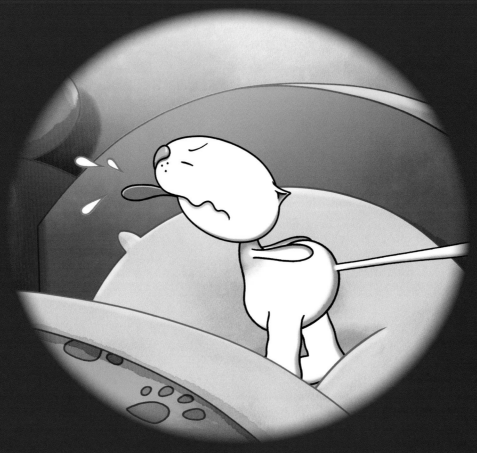

–C'est très facile, dit Toupie. Allez, essaie, Binou!

Binou tire la langue et fait une hooorrrible grimace.
Pttttttrrrrrrrrr!!!

Pouf! Le monstre bleu disparaît sans que
Toupie ait eu le temps de le voir!
–Bravo, Binou! Tu es très doué pour faire des grimaces!
Je suis sûr que tu pourrais faire disparaître des
monstres, dit Toupie.

Toupie continue sa lecture.
–Avez-vous peur des horribles monstres chenilles
qui ont quatre pattes et tout plein de dents?

Toupie rit.
–Des monstres chenilles! C'est trop drôle!
J'aimerais bien en voir, moi!

Mais Binou, lui, en voit pour vrai et
il n'aime pas ça du tout.

–Pour vous débarrasser des monstres chenilles, dit Toupie, vous n'avez qu'à faire… ça!

Il tire la langue. Ptttttrrrrrrrr!!!

Binou essaie à son tour. Ptttttrrrrrrrr!!! Pouf! Les monstres chenilles disparaissent!

–Eh! Tu te débrouilles très bien, Binou,
dit Toupie en tournant la page. Regarde, des
éternumonstres! C'est vraiment trop fou!
Un monstre qui fait atchoum avant de vous attraper!

Ouach! Binou, lui, trouve ça dégoûtant.
–Je suis certain que ça n'existe pas, ajoute
Toupie en riant.

Oh! oh! Il ne s'en aperçoit pas, mais il y en
a un juste derrière lui!

L'éternumonstre s'approche de Binou…
Encore un peu… Encore un peu plus près… Toupie ne
le voit pas et continue sa lecture.
–Si vous avez peur de l'éternumonstre, dit Toupie,
faites Ptttttrrrrrrr!!!

Oh non! On dirait que l'éternumonstre s'apprête à éternuer!
Binou se dépêche de tirer la langue autant qu'il peut.
Ptttttrrrrrrr!!!

Pouf! L'éternumonstre disparaît. Fiou!

Toupie tourne une autre page.
–Ah! En voici un très intéressant,
dit Toupie. Écoute ça, Binou!
Connaissez-vous le terrible
monstre aux doigts de plume?
Oh! Je n'aimerais pas en
rencontrer un…

Pendant que Toupie explique
comment s'en débarrasser, un
monstre aux doigts de plume
apparaît et commence à
chatouiller Binou.

Binou tire la langue, mais il rit tellement que sa grimace
ne fait pas peur au monstre. Ptttttrrrrrrrr...
–Je crois que tu peux faire mieux que ça, Binou, dit Toupie
sans lever les yeux de son livre.

Binou essaie une nouvelle fois. Ptttttrrrrrrrr!!!
Et encore une autre! Ptttttrrrrrrrr!!!!!

La troisième fois, il réussit! Pouf!
le monstre aux doigts de plume disparaît!

Toupie referme le livre en riant.
–OUI! C'est ça!!! Bravo, Binou!
Maintenant, tu sais quoi faire si
quelque chose te fait peur, hein?

Binou sourit et tire la langue
bien fort... Ptttttrrrrrrrr!!!

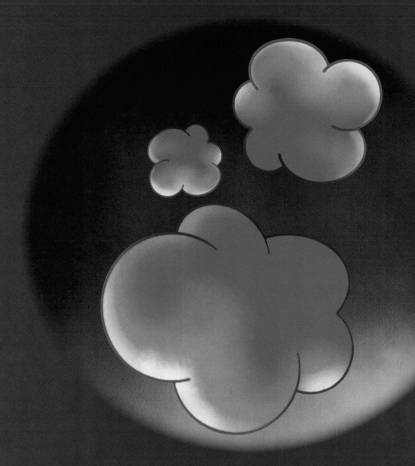

Pouf! Le livre de monstres disparaît!
Toupie et Binou éclatent de rire.